COLLECTION

DE

M. H. KEVORKIAN

DE LONDRES

OBJETS D'ART

ET DE

CURIOSITÉ

ORIENTAUX ET EUROPÉENS

CATALOGUE

DES

OBJETS D'ART

ET

DE CURIOSITÉ

ORIENTAUX ET EUROPÉENS

ANCIENNES FAIENCES DE PERSE

DE RHODES, DE DAMAS, ETC.

FAIENCES ET PORCELAINES VARIÉES

BRONZES, CUIVRES ET FERS

D'ANCIEN TRAVAIL ORIENTAL

OBJETS DIVERS — MANUSCRITS

ÉTOFFES EUROPÉENNES ET ORIENTALES

ANCIENS TAPIS ORIENTAUX

De soie et de laine

APPARTENANT A M. H. KEVORKIAN

De la Maison HAGOP KEVORKIAN et Cⁱᵉ, de Londres

ET DONT LA VENTE AURA LIEU

HOTEL DROUOT, SALLE Nº 7

Les Vendredi 16 et Samedi 17 Mai 1902

A DEUX HEURES

COMMISSAIRE-PRISEUR	EXPERTS
Mᵉ P. CHEVALLIER	**MM. MANNHEIM**
19, rue Grange-Batelière	7, rue Saint-Georges

EXPOSITION PUBLIQUE

Le Jeudi 15 Mai 1902, de 1 heure 1/2 à 5 heures 1/2

CONDITIONS DE LA VENTE

———

La vente sera faite au comptant.

Les acquéreurs paieront *dix pour cent* en sus des prix d'adjudication.

L'exposition mettant le public à même de se rendre compte de l'état des objets, il ne sera admis aucune réclamation, l'adjudication prononcée.

Paris. — Imprimerie de l'Art, E. Moreau et Cⁱᵉ, 41, rue de la Victoire.

DÉSIGNATION

FAIENCES PERSANES

1 — Deux pièces : bol et pot à eau, décor bleu : fleurs. Perse.

2 — Chat assis, décor bleu. Perse.

3 — Deux porte-fleurs : animaux couchés. Perse.

4 — Aiguière, décor noir, fleurs ; fond bleu-turquoise. Perse.

5 — Plat creux décoré, en bleu, d'un arbuste ; motif régulier sur le bord. Perse.

6 — Plat creux, orné d'une amazone en bleu et violet ; feuilles et rochers au marli. Perse.

7 — Jardinière rectangulaire, décor en bleu : personnages. Perse.

8 — Porte-fleurs décoré en bleu ; branchages. Perse.

9 — Flacon émaillé vert : personnages et branchages en relief. Perse.

10 — Plat décagone émaillé bleu-turquoise. Perse.

11 — Flacon émaillé bleu-turquoise et orné de deux figures de saint Georges. Perse.

12 — Coupe repercée, émaillée bleu-turquoise. Perse.

13 — Boîte oblongue avec couvercle, émaillée bleu-turquoise, décor de rosaces en relief. Perse.

14 — Coupe avec déversoir émaillée bleu-turquoise. Perse.

15 — Aiguière émaillée bleu-turquoise ; panse cotelée. Perse.

16 — Flacon quadrilatéral émaillé bleu ; décor d'animaux et quadrillés en noir. Perse.

17 — Coupe émaillée bleu-turquoise, décor en noir de feuillages. Perse.

18 — Coupe avec couvercle, émaillée bleu-turquoise, décor de points saillants et de fleurettes en noir. Perse.

19 — Petit plat émaillé bleu-turquoise, décor en noir : rosace. Perse.

20 — Vase décoré de mosquées et fleurs, avec bustes de personnages ; fond vert. Perse.

21 — Plat rond, décor bleu, motifs irréguliers. Perse.

22 — Plat rond, décor bleu : paysage avec oiseaux ; marli à compartiments. Perse.

23 — Plat rond, décor bleu : fleurs ; marli à compartiments. Perse.

26

37

99

56

27

Phototypie Berthaud, Paris

Vente Kevorkian 16 mai 1902

24 — Deux plaques de revêtement, composées chacune
de sept carreaux à décor régulier ; fond bleu. Perse.
Encadrées.

25 — Deux plaques de revêtement, composées chacune
de sept carreaux à motifs réguliers. Perse. Encadrées.

26 — Plaque de revêtement en incrustations de faïence
bleu-foncé et bleu-turquoise : inscriptions. Perse.

27 — Plaque de revêtement en mosaïque de faïence,
bleu-foncé et bleu-turquoise : décor de carrelage.
Perse.

28 — Trois plaques de revêtement variées, même travail.
Perse.

29 — Deux carreaux octogones, émaillés bleu-turquoise
et évidés au centre. Perse.

30 — Plaque de revêtement, émaillée bleu-turquoise,
inscriptions en relief. Perse.

31 — Aiguière et bassin en grès bleu, à décor de fleurs.
Perse.

32 — Plaque de revêtement : inscriptions en relief, fond
jaune. Perse.

33 — Soucoupe, fond bleu. Perse.

34 — Plaque de revêtement formée de deux carreaux :
décor d'inscriptions. Perse.

35 — Deux plaques de revêtement variées, à motifs réguliers. Perse.

36 — Grand plat, décoré en bleu : au fond, un narghilé. Perse.

37 — Carreau orné d'un buste de femme et de branchages. Perse.

(Exposé en 1885 au Burlington fine Arts Club de Londres.)

38 — Coupe sur piédouche, décor bleu, fleurs et arabesques. Perse.

39 — Aiguière en forme de tonnelet, émaillée bleu-turquoise. Perse.

40 — Panse de vase, émaillé bleu-turquoise, décor de lambrequins en noir. Perse.

41 — Grande coupe, décorée en bleu : fleurs, arbustes et oiseaux. Perse.

42 — Grande coupe décorée en bleu : personnages, oiseaux et fleurs. Style chinois. Perse.

43 — Plat creux, décoré de fleurs en bleu, au fond et sur la bordure. Perse.

44 — Coupe sur piédouche, décor bleu, motif rayonnant; ornements réguliers sur le piédouche. Perse.

45 — Grand plat rond, décoré en bleu; au fond, l'inscription persane : « Dites les prières à Dieu et aux prophètes Hassan-Hussein el Ali »; à la chute, branches fleuries. Perse.

Diam., 45 cent.

46 — Vase émaillé bleu-clair; décor de personnages et guirlandes. Pièce archaïque. Perse.

(Collection Major Myers.)

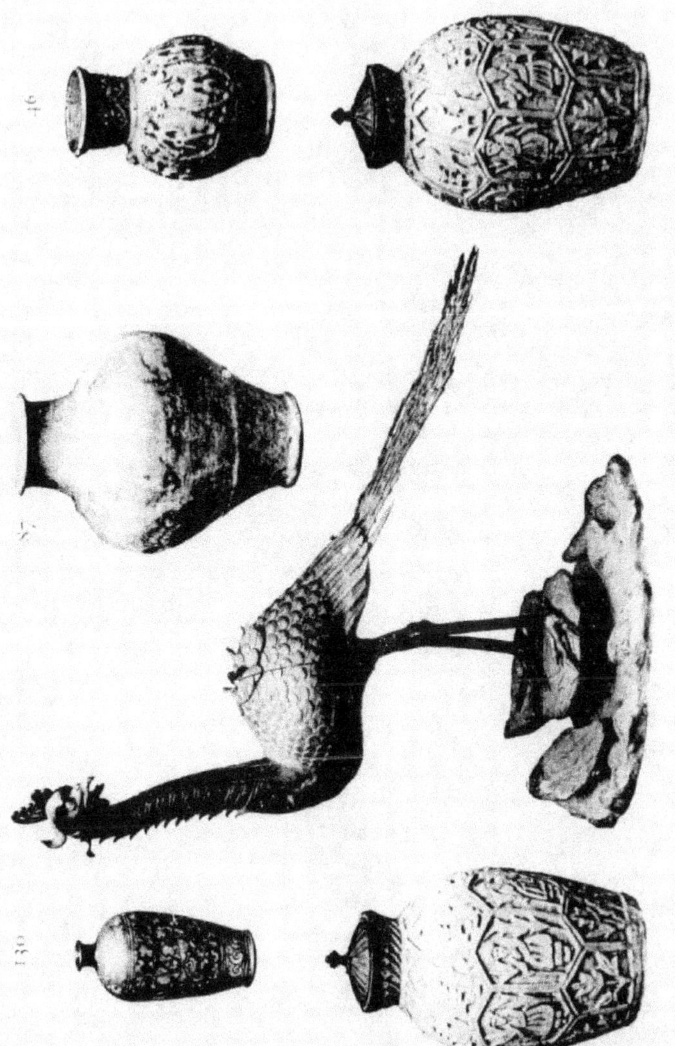

47 — Deux vases, émaillés bleu-clair, décor en relief de personnages et feuillages dans des compartiments. Pièce archaïque. Perse.

(Collection Major Myers.)

48 — Porte-fleurs, décoré de reflets métalliques. Perse.

49 — Compotier à reflets métalliques. Perse.

5o — Carreau hexagonal, décor doré sur fond bleu-turquoise. Perse.

5 1 — Huit petits carreaux émaillés vert, avec traces de reflets métalliques. Perse.

5 2 — Carreau en forme d'étoile, à décor bleu et à reflets métalliques : fleurs; bordure d'inscriptions. Perse.

53 — Plaque de revêtement en deux parties, à décor bleu et à reflets métalliques : feuillages. Perse.

54 — Plaque de revêtement : décor en bleu et à reflets métalliques : inscriptions en relief; bordure d'inscriptions. Perse.

55 — Deux fragments de carreaux, à reflets métalliques. Perse.

56 — Plaque de revêtement : inscriptions en bleu, en relief sur fond à reflets métalliques. Perse.

57 — Plaque de revêtement : inscriptions en bleu en relief, sur fond à motifs verts et à reflets métalliques. Perse.

Haut., 44 cent.; larg., 45 cent.

58-59 — Cinq crachoirs variés, décorés de reflets métalliques. Perse.

60 — Quatre pièces : bouteilles et aiguières, décor à reflets métalliques. Perse.

61 — Deux petites coupes sur piédouche, décor à reflets
métalliques. Perse.

62 — Flacon piriforme, décoré de reflets métalliques
rouge-cuivreux : fleurs et feuilles. Garniture métallique. Perse.

Haut., 3o cent.

(Collection C.-J. Elton.)

63 — Compotier, décoré de reflets métalliques rouge-
cuivreux : feuilles et fleurs avec rosace au centre.
Perse.

Diam., 21 cent.

(Collection C.-J. Elton.)

FAIENCES DE RHODES

64 — Boule provenant d'une lampe, fleurs. Rhodes.

65 — Plaque de revêtement, fleurs. Rhodes.

66 — Plaque, composée de quatre carreaux : inscriptions
et fleurs avec petite bordure, fond bleu. Rhodes.
Encadrée.

Haut., 36 cent.; larg., 1 m. 10 cent.

67 — Plaque de revêtement, composée de quatre carreaux,
à décor de motifs étoilés, avec bordure à fond rouge.
Rhodes. Encadrée.

68 — Deux plaques de revêtement, formées chacune de
deux carreaux, à décor de palmettes. Rhodes. Encadrées.

69 — Plaque de revêtement, formée de trois carreaux, décor de feuillages. Rhodes.

70 — Plateau rond, décoré en couleurs : branches fleuries. Rhodes.

71 — Plat creux, décoré de fleurs et palmettes; marli vermiculé. Rhodes.

72 — Plat creux, orné d'une aiguière et de fleurs. Rhodes.

73 — Plat, décoré de lapins, chiens et oiseaux, sur fonds blanc et vert. Rhodes.

(Exposé en 1885 au Burlington fine Arts Club de Londres.)

74 — Plateau rond, orné de branches fleuries, en blanc et vert sur fond rouge. Rhodes.

75 — Plat, décoré de palmettes. Rhodes

(Collection C.-J. Elton.)

76 — Plat, décoré de branchages et fleurs. Rhodes.

77 — Plat, fleu s; marli vermiculé, à réserves. Rhodes.

78 — Plat : médaillon à palmettes sur fond vert. Rhodes.

79 — Cruche, à décor de fleurs et palmettes, sur fond d'imbrications vertes et bleues. Rhodes.

(Exposé en 1885 au Burlington fine Arts Club de Londres.)

80 — Cruche, à décor de feuilles et fleurs, sur fonds blanc et bleu alternés. Rhodes.

(Collection C.-J. Elton.)

81 — Cruche, à décor de feuilles, sur fond vert. Rhodes.

(Collection C.-J. Elton.)

82 — Cruche décorée de zones d'ornements en vert, violet et rouge. Rhodes.

83 — Cruche, ornée d'une multitude de bateaux. Rhodes.

84 — Petit hanap cylindrique, orné de branchages, sur fonds vert et bleu. Rhodes.

85 — Hanap cylindrique, décoré de branches fleuries en couleurs, sur fond bleu. Rhodes.

Haut., 22 cent.

(Exposé en 1885 au Burlington fine Arts Club de Londres.)

FAIENCES ORIENTALES

VARIÉES

86 — Gros vase en ancienne terre vernissée vert, provenant de fouilles exécutées en Syrie.

87 — Vase, à panse ovoïde, en ancienne terre vernissée gris, avec traces d'inscriptions, provenant de fouilles faites en Syrie.

88 — Cornet, provenant de fouilles exécutées en Syrie.

89 — Petite boule, provenant d'une lampe, décor de têtes de chérubins ; inscription arménienne. Kutaia.

90 — Carreau à motifs irréguliers. Kutaia.

91 — Porte-fleurs, décoré de fleurs en bleu et couleurs. Kutaia.

Haut., 28 cent.; diam., 26 cent.

92 — Petit vase, décor bleu : palmettes. Kutaia.

93 — Petite boîte à épices, décor bleu. Kutaia.

94 — Flacon-aspersoir, à décor de bandes verticales ornées. Kutaia.

95 — Quatre bols variés : fleurs et motifs divers. Kutaia.

96 — Quatre tasses variées et une soucoupe. Kutaia.

97 — Petite coupe, ornée d'un agneau pascal. Kutaia.
(Collection C.-J. Elton.)

98 — Deux plaques de revêtement variées, en relief et à jours : motifs réguliers et rinceaux : émaux bleus et bleu-turquoise. Boukhara.

99 — Plaque de revêtement en mosaïque de faïence : rinceaux. Boukhara.

100 — Autre, composée de huit carreaux; fleurs. Boukhara.

101 — Autre, décorée de fleurs et motifs réguliers. Boukhara.

102 — Panse de vase arabe, décor à reflets métalliques : inscriptions arabes avec bandes bleues.

103 — Petite coupe arabe, décor en bleu et à reflets métalliques, avec l'inscription : Fait à l'époque de Mahomet.

104 — Carreau, présentant le plan de la Mecque. Faïence
orientale. Encadré.

105 — Plaque, composée de deux carreaux, à décor en
relief d'arabesques en bleu, bleu-turquoise, jaune et
blanc. Asie mineure. Encadrée.

> Haut., 45 cent.; larg., 58 cent.

106 — Plaque, composée de huit carreaux, à décor de
palmettes et feuilles, bordure à motifs réguliers sur
fond blanc. Damas. Encadrée.

> Haut., 1 m. 15 cent.; larg., 57 cent.

107 — Plaque, composée de dix carreaux : médaillons et
feuilles en bleu et bleu-turquoise; bordure de fleurs,
sur fond bleu. Damas. Encadrée.

> Haut., 1 m. 20 cent.; larg., 57 cent.

108 — Grande plaque de revêtement, composée de qua-
rante-et-un carreaux, présentant trois vases de fleurs
avec bordure de fleurs; émaux bleus et bleu-turquoise; fonds blanc et bleu. Damas. Encadrée.

> Haut., 1 m. 95 cent.; larg., 1 m. 15 cent.

109 — Autre analogue.

110 — Carreau à décor de fleurs et feuilles en bleu-foncé
et bleu-turquoise. Damas. Encadré.

111 — Plaque de revêtement, formée de carreaux et présentant un vase de fleurs, avec bordure à fond bleu.
Damas.

> Haut., 1 m. 40 cent.; larg., 55 cent.

112 — Coupe sur piédouche, décorée en bleu : motif
rayonnant et zones d'ornements réguliers. Damas.

> Diam., 35 cent.

115

85

114

74

99

73

Phototypie Berthaud, Paris

Vente Kevorkian, 16 mai 1902

113 — Plat creux, décoré, en bleu, de grappes de raisin ; à la chute, des fleurs ; sur la bordure, des imbrications. Damas.

114 — Plat creux, décoré de branches fleuries en bleu, vert et violet sur fond blanc ; bordure bleue à petites feuilles réservées en blanc et violet. Damas.

> Diam., 31 cent.

115 — Plat creux, décoré en bleu et vert ; arbuste au fond ; petit motifs à la chute, bordure bleue à feuilles réservées en blanc. Damas.

> Diam., 35 cent.

FAIENCES

ET PORCELAINES DIVERSES

116 — Trois vases étrusques en terre vernissée, fond noir, à personnages.

117 — Vase à reflets métalliques sur fond bleu. Manissès.

118 — Plat à ombilic, décoré de reflets métalliques : monogramme du Christ sur l'ombilic ; godrons simulés obliques au marli. Ancienne faïence hispano-moresque.

119 — Plat à ombilic, décoré de reflets métalliques : poisson sur l'ombilic ; inscriptions et godrons obliques simulés au marli. Ancienne faïence hispano-mauresque.

120 — Flacon, décoré en bleu : oiseaux et branchages. Faïence italienne.

121 — Paire de potiches, avec couvercles, en porcelaine du Japon, fonds bleu et blanc.

122 — Potiche, avec couvercle, décor d'arbustes en bleu. Chine.

123 — Gourde, décor bleu, fleurs et attributs. Chine.

124 — Bouteille, décor en bleu. Chine.

125 — Potiche, décor doré, fond bleu. Chine.

126 — Vase-balustre à pans, analogue. Chine.

127 — Aiguière, décor caillouté or, fond bleu. Chine.

128 — Vase à pans, orné d'ustensiles sur fond rouge ajouré. Chine, famille rose.

129 — Paire de potiches, avec couvercles, à décor de fleurs réservées en blanc sur fond bleu. Chine.

130 — Vase émaillé bleu-turquoise, décor de fleurs en noir. Faïence. Chine.

(Collection C.-J. Elton.)

BRONZES, CUIVRES ET FERS

DE TRAVAIL ORIENTAL

131 — Dragon provenant d'une fontaine en bronze. Travail oriental.

132 — Aiguière en fer partiellement argenté, à décor de motifs réguliers et feuillagés. Travail oriental.

133 — Petit brûle-parfum en cuivre ajouré et incrusté de turquoises et surmonté d'un motif à têtes d'animaux. Ancien travail oriental.

134 — Poignard à manche garni de métal, à arabesques. Travail oriental.

135 — Trois yatagans variés.

136 — Fusil à silex oriental, à crosse à pans incrustée de métal et canon damasquiné.

137 — Douze pièces, armes orientales : pistolets, poignards, etc.

138 — Pulvérin en cuivre, avec applications d'argent. Perse.

139 — Sabre arabe, à lame ornée d'inscriptions dorées.

140 — Sabre persan, à poignée de corne et lame ornée de motifs dorés ; fourreau garni de cuivre.

141 — Selle garnie de fer doré, à décor d'arabesques et d'inscriptions indiquant le nom du possesseur. Perse.

142 — Casque persan.

143 — Aiguière persane en bronze gravé, à décor de zones et lambrequins.

144 — Bassin persan, avec couvercle, en cuivre, à décor d'arabesques.

145 — Lampe persane en bronze gravé, à décor de personnages.

146 — Carafe de narghilé persan, cuivre gravé.

147 — Bassin employé comme lampe d'église, en cuivre, gravé à fleurs avec inscriptions arméniennes, contenant une dédicace. Perse.

148 — Chandelier en bronze, incrusté d'argent : personnages faisant de la musique, et inscriptions sur fond chargé de fleurettes. Perse.

Haut., 26 cent.

149 — Grand chandelier en cuivre gravé. Perse.

150 — Aiguière persane en cuivre doré, décor de rosaces et palmettes.

151 — Petit vase en bronze, avec traces de gravure et d'incrustations d'argent. Perse.

152 — Aiguière et bassin en bronze gravé de la Perse : réserves à personnages et arabesques.

153 — Brûle-parfum persan, à six faces, en bronze ajouré.

154 — Brûle-parfum en bronze ajouré, décor d'oiseaux; il est muni d'une poignée. Ancien travail persan.

155 — Petit brasero hexagone en bronze ajouré. Travail persan.

156 — Petit brasero carré en bronze ajouré. Ancien travail persan.

157 — Brasero hexagone en bronze ajouré, à arabesques. Perse.

158 — Autre de forme ronde, à décor de lions. Ancien travail persan.

Diam., 45 cent.

159 — Autre, hexagone, à décor d'arabesques.

Larg., 56 cent.

160 — Bassin persan en cuivre : inscriptions et rosaces à fond noir.

161 — Autre, incrusté d'argent.

162 — Deux autres analogues.

163 — Très petit mortier en bronze incrusté d'argent : carrelages et inscriptions. Perse.

164 — Six petites jardinières variées en bronze. Travail persan.

165 — Chandelier en bronze incrusté d'argent, décor d'inscriptions, médaillons à personnages et fleurs. Ancien travail persan.

Haut., 19 cent.

166 — Chandelier en bronze incrusté d'argent, décor de personnages et cavaliers, avec inscriptions et zones d'arabesques. Ancien travail persan.

Haut., 21 cent.

167 — Chandelier en bronze incrusté d'argent, à décor de médaillons à personnages, inscriptions et rosaces. Ancien travail persan.

Haut., 20 cent.

168 — Mortier cylindrique en bronze, à deux anses ;
motifs saillants sur fond gravé à lambrequins. Ancien
travail persan.

(Vente Antocolski.)

169 — Bassin en bronze gravé et incrusté d'or et d'argent : rosaces et rinceaux. Ancien travail persan.

170 — Grand chandelier en cuivre gravé et doré, à fleurs.
Ancien travail turc.

171 — Petite aiguière en bronze, provenant de fouilles
exécutées en Syrie.

172 — Brûle-parfum, à couvercle, ajouré, surmonté d'un
oiseau, et petit vase cannelé intérieurement. Bronze.
Même provenance.

173 — Deux lampes, de style antique, en bronze. Provenant d'Alep.

174 — Trois petites lampes en bronze, dont une avec
pied, et très petite aiguière. Travail arabe.

175 — Bassin sur trois pieds, en bronze, à anses droites,
bordures découpées, ornées d'inscriptions. Pièce
archaïque de travail persan.

176 — Bassin à trois pieds, en bronze, bordure découpée
à inscriptions. Pièce archaïque de travail persan.

177 — Chaine maintenue à ses deux extrémités par deux
motifs en forme d'étrier sur lesquels reposent divers
animaux. Bronze gravé et ajouré. Pièce archaïque.
Travail persan.

Vente Kevorkian, 16 mai 1902

178 — P'tit chandelier arabe en bronze gravé, à inscriptions.

179 — Mortier à pans, en bronze gravé, à décor de motifs réguliers. Ancien travail arabe.

180 — Couvercle en bronze incrusté d'argent, à décor de rosaces. Ancien travail arabe.

181 — Chauffe-mains arabe, de forme sphérique en bronze incrusté d'argent, à décor d'arabesques.

182 — Mortier cylindrique en bronze, décor de feuillages et d'entrelacs. Ancien travail arabe.

183 — Petite jardinière cylindrique en bronze, incrusté d'argent, inscriptions à l'extérieur; fleurs sur la bordure. Ancien travail arabe.

Haut., 7 cent.

184 — Coffret oblong avec couvercle en bronze, incrusté d'argent, à décor de rosaces avec bordures d'inscriptions. Ancien travail arabe.

185 — Mortier à pans, en bronze gravé, à décor de médaillons contenant des oiseaux à têtes humaines, avec inscriptions sur la bordure. Ancien travail arabe.

186 — Fragment de vase arabe, à pans, en bronze incrusté d'argent, à décor d'animaux et arabesques.

187 — Lampe, à quatre lumières, en bronze. Travail oriental.

188 — Écritoire, à deux récipients, en fer, partiellement argenté, décor de quadrillés, avec rosaces en relief. Travail arabe. Pièce archaïque.

189 — Mortier cylindrique en bronze gravé, avec traces d'inscriptions et motifs en saillie. Pièce archaïque arabe.

Haut., 16 cent.; diam., 16 cent.

OBJETS VARIÉS ORIENTAUX

190 — Album persan, décor au vernis : fleurs et personnages.

191 — Manuscrit persan avec en-tête orné ; reliure de cuir doré à arabesques.

192 — Manuscrit persan avec miniatures ; reliure décorée au vernis : cavaliers.

193 — Manuscrit persan avec miniatures ; relié.

194 — Manuscrit turc ; reliure en cuir, à arabesques.

195 — Volume manuscrit arménien, relatif à l'histoire de l'Église d'Arménie ; reliure en argent émaillé, à sujets saints. Travail du Caucase.

196 — Volume manuscrit arménien, évangile de saint Mathieu, avec huit miniatures et encadrements. Reliure garnie d'argent, partiellement doré, à sujets saints. Travail du Caucase.

197 — Très petite armoire en ambre, avec glaces à l'intérieur. Perse.

198 — Quatre pièces pour narghilé, argent émaillé et métal incrusté de turquoises. Travail persan.

199 — Aiguière et bassin en argent, partiellement doré,
à décor de fleurs et palmettes en léger relief. Travail
circassien.

200 — Trousse, garnie d'argent niellé, à décor de rinceaux et inscriptions ; couteaux et fourchette à têtes
d'oiseaux. Travail circassien.

201 — Trousse, garnie de métal : fourchette et couteau
à têtes d'oiseaux ; inscription grecque et date 1796
sur la lame du couteau. Même travail.

202 — Croix-reliquaire en argent, de travail arménien,
sur pied en argent, également à têtes de chérubins
et rocailles d'ancien travail italien.

203 — Plaque en argent repoussé : Saint Nicolas, provenant d'une image de sainteté. Travail grec.

204 — Coffret en argent, partiellement émaillé, à décor
de sujets saints. Travail gréco-russe.

205 — Croix de même travail.

206 — Mitre et garniture de cou d'évêque, en argent doré,
présentant des sujets tirés de la vie du Christ et les
emblèmes de la Passion ; fond de velours rouge. Ancien travail gréco-russe.

207 — Mitre d'évêque en argent doré, à décor de sujets
saints, monuments et motifs rocaille ; fond de soie
verte. Ancien travail gréco-russe.

208 — Fragment de grille en bronze, présentant un aigle
à deux têtes. Ancien travail russe.

209 — Grand brûle-parfum, en forme d'oiseau de Hô,
bronze du Japon.

OBJETS VARIÉS

210 — Flacon-aspersoir en argent partiellement doré, à décor de fleurs et rocailles. Ancien travail vénitien pour la Turquie.

211 — Plat rond, en cuivre gravé, à feuillages et branchages. Ancien travail vénitien.

212 — Deux plats, à ombilic, en cuivre. XVIIe siècle.

213 — Flambeau en bronze, avec traces de dorure, décor de mascarons, têtes de chérubins et rinceaux. Italie, XVIIe siècle.

214 — Panse d'aiguière, avec anse, déversoir à mascaron; bronze. Ancien travail italien.

215 — Lampe sur piédouche en bronze, à décor de rinceaux.

216 — Paire de chandeliers en cuivre repoussé, à décor de feuillages.

217 — Petite aiguière, avec plateau en bronze, style Renaissance.

218-219 — Huit mortiers variés en bronze, décorés de paysages animés, cartouches, mascarons, bustes, etc. de diverses époques et de travail européen.

220 — Boîte Louis XV en argent, à décor de motifs d'architecture.

221 — Petit flacon émaillé.

222 — Trois éventails.

223 — Poignée en écaille brune, ornée d'une figurine.

224 — Deux cadres en bois sculpté, à feuilles.

225 — Fragment de statuette d'enfant en marbre blanc. Ancien travail italien.

226 — Hache de mineur allemande, à poignée d'os gravé à fleurs, personnages et inscriptions.

227 — Pansière en fer, à rinceaux dorés Renaissance.

228 — Miniature à sujet tiré de la guerre de Cent Ans. Cadre en bois sculpté et doré.

(Vente Antocolski.)

229 — Coupe du xvie siècle, en forme de coquille, en cristal de roche gravé, à décor de rinceaux ; pied composé de deux dauphins avec monture d'argent doré d'époque postérieure. La coupe est ornée d'une tête en agate-onyx montée également en argent doré.

Haut., 23 cent.; larg., 27 cent.

(Vente Magniac et Antocolski.)

230 — Petit couvercle en fer, feuillages.

ÉTOFFES VARIÉES

231 — Bande de velours ciselé, à fond jaune ; décor de vases de fleurs en rouge. Travail italien. xvie siècle.

232 — Panneau en tapisserie au point : fruits, fleurs et oiseaux. xviie siècle.

233 — Chasuble en velours ciselé à ramages rouges sur fond bleu. Italie, xviie siècle.

234 — Grande bannière en broderie de soie, avec chairs peintes : la Vierge portant l'Enfant Jésus ; bordures de damas rouge brodé d'argent. xviie siècle.

235 — Bande de soie jaune, brochée à fleurs et tissée de métal. xviie siècle.

236 — Bande de soie verte, brochée à fleurs et tissée de métal. xviiie siècle.

237 — Bande de coton brodé, à dessin d'arbustes sous des arcades. Ancien travail italien.

238 — Panneau en ancien velours ciselé, à grosses fleurs en rouge, sur fond blanc tissé de métal ; bordure de franges.

239 — Bande en ancienne soie blanche, brodée à fleurs en soie et métal.

240 — Panneau en velours ciselé, à dessin de branches fleuries en rouge sur fond jaune.

241 — Petite bande en velours ciselé, à ramages verts : vases et couronnes sur fond jaune.

242 — Bande de velours ciselé, à grands ramages rouges sur fond jaune.

243 — Six panneaux, formés de morceaux de velours ciselé, à bouquets de fleurs et rubans sur fond blanc.

244 — Cinq panneaux en velours ciselé à fleurs, draperies et glands en rouge sur fond crème.

245 — Dix panneaux en velours ciselé jaune et blanc, même dessin que les précédents.

246 — Panneau tissé de métal, à fleurs, fonds vert et rouge; bordure quadrillée.

247 — Petit panneau en brocart, à fleurs, rocailles avec croissant au centre. Travail italien pour la Turquie.

248 — Panneau en peluche, à dessin de palmettes Empire.

ÉTOFFES ORIENTALES

249 — Tapis brodé de soie, à fleurs, sur fond blanc. Boukhara.

250 — Deux tapis de peluche, à dessin chiné. Scutari.

251 — Panneau en velours rouge, bordure chinée. Scutari.

252 — Panneau oriental, à larges palmettes, velours ciselé rouge et jaune.

253 — Panneau en velours rayé rouge et jaune, à fleurettes. Travail oriental.

254 — Tapis de peluche oriental, à fleurs sur fond blanc; bordure rouge à fleurs.

255 — Trois panneaux en velours oriental rayé gris et jaune, à fleurettes.

256 — Panneau de velours rayé rose et jaune et tissé de métal, dessin de fleurettes. Travail oriental.

257 — Bande en soie bleu, tissée de métal, à grosses fleurs. Travail oriental.

258 — Six petits panneaux en velours ciselé oriental, à rayures et fleurs.

259 — Paravent, à deux feuilles, en velours ciselé, à ramages rouges et bleus, sur fond de métal. Asie-Mineure.

> Haut., 1 m. 67 cent.; larg., 1 m. 3o cent.

260 — Panneau en ancien velours ciselé, à quadrillé rouge, sur fond jaune. Perse.

261 — Panneau en satin rouge, broderie métallique; vases de fleurs, oiseaux, bordure bleue à feuilles. Perse.

262 — Tapis de peluche, à nombreux personnages, bordures rouges. Travail persan.

263 — Grand tapis de peluche, à fleurs sur fond rouge; large bordure à dessin régulier. Travail persan.

264 — Tapis persan en velours rouge, brodé de métal, à inscriptions persanes et oiseaux; bordure de broderie à jours.

265 — Petit tableau brodé : la Vierge. Travail grec. Cadre en bois sculpté.

266 — Quatre petites croix en broderie de soie, à saints personnages. Travail gréco-russe.

262

108

Vente Kervorkian, 16 mai 1902

TAPIS

267 — Tapis persan, médaillon, fond blanc, large bordure.

268 — Tapis persan, à motifs géométriques en jaune sur fond rouge; bordure marron.

2 mètres. × 1 m. 22 cent.

269 — Tapis, a motifs géométriques en bleu sur fond rouge. Ancien travail oriental.

1 m. 74 cent. × 1 m. 10 cent.

270 — Tapis, à rinceaux fleuris sur fond rouge; bordure bleue également ornée de rinceaux. Ancien travail persan.

2 m. 40 cent. × 1 m. 40 cent.

271 — Petit tapis de prières, ancien, orné d'inscriptions turques.

1 m. 40 cent. × 1 m. 2 cent.

272 — Tapis, à dessin régulier, sur fond bleu-foncé; petite bordure rouge. Ancien travail persan.

3 m. 60 cent. × 2 m. 80 cent.

273 — Tapis, à dessin de fleurs et feuilles sur fond rouge, bordure bleue également à fleurs et feuilles. Ancien travail persan.

5 mètres. × 3 m. 10 cent.

274 — Tapis de prières, fond blanc, large bordure à fleurs. Ancien travail de l'Asie-Mineure.

1 m. 65 cent. × 1 m. 30 cent.

275 — Fragment de tapis : animaux et branchages sur fond rouge ; bordure bleue décorée de même. Ancien travail persan.

2 m. 10 cent. ╳ 1 m. 55 cent.

276 — Tapis, à fond bleu-clair, orné d'animaux en couleurs ; oiseaux aux angles. Ancien travail persan.

277 — Tapis persan, à fond bleu-foncé : animaux et fleurs ; bordure jaune.

278 — Tapis bleu-clair, bordure crème : fleurs. Ancien travail d'Ispahan.

279 — Tapis, fond rouge, bordure bleue : fleurs. Travail persan qui serait contemporain du shah Abbas.

280 — Tapis velouté, fond rouge-saumon, bordure crème.

281 — Tapis de prières, d'Asie-Mineure ; bordure bleue à fleurs.

282 — Tapis analogue, bordure jaune.

283 — Tapis, bordure polychrome. Ancien travail oriental.

284 — Tapis orné de trois médaillons et d'arabesques, fond rouge, bordure bleue, à dessin polychrome. Ancien travail oriental.

285 — Tapis de soie, à fleurs sur fond jaune ; bordure rouge également à fleurs. Ancien travail persan.

2 m. 50 cent. ╳ 1 m. 45 cent.

RED. :

23

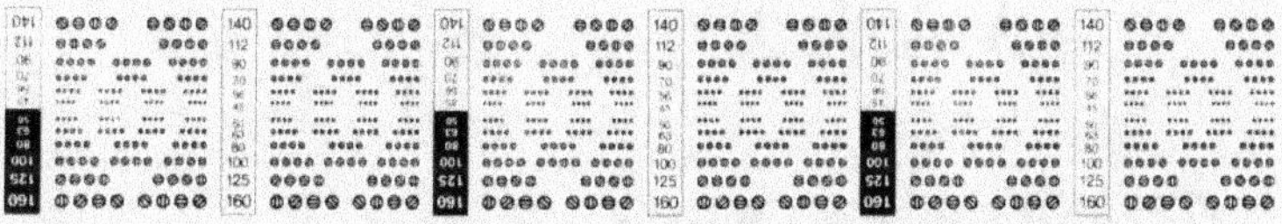

MIRE ISO N° 1
NF Z 43-007
AFNOR
Cedex 7 - 92080 PARIS LA-DÉFENSE

graphicom

0 1 2 3 4 5 6 7 8 9 10